Mr Abracadabra Jones

Mari Stevens

y Lolfa

I Jac

Argraffiad cyntaf: 2010

Dymuna'r cyhoeddwyr gydnabod cymorth ariannol
Cyngor Llyfrau Cymru

Darluniau: Felicity Haf

Rhif Llyfr Rhyngwladol: 978-1-84771-220-2

Cyhoeddwyd ac argraffwyd yng Nghymru
gan Y Lolfa Cyf., Talybont, Ceredigion SY24 5HE
gwefan www.ylolfa.com
e-bost ylolfa@ylolfa.com
ffôn 01970 832 304
ffacs 832 782

Mr Abracadabra Jones

Mae'n ffaith fod gan bob plentyn gwerth ei halen a'i finegr lyfr mawr o hud a lledrith ar erchwyn ei wely.

Mae'n ffaith fod pob llyfr o hud a lledrith gwerth ei halen a'i finegr yn sôn am wrachod, a chorachod, a dreigiau, a dewiniaid o bob lliw a llun.

Mae'n ffaith hefyd nad yw'r un o'r llyfrau tew a phwysig hyn yn cyfeirio at y dewin gwirionaf a godidocaf a fu erioed – Mr Abracadabra Jones.

Oes, mae ganddo gyfenw digon cyffredin; ac, ydy, mae e'n byw mewn tŷ digon cyffredin yn 13, Llwybr Llaethog, Tref-y-Madarch.

Mae e'n dechrau bob bore mewn ffordd ddigon cyffredin, trwy rapio yn y gawod; rhoi uwd i'r adar; a darllen penawdau'r dydd yn yr Anweledig Inc. Ac wrth gwrs ei fod e'n gwneud pethau cyffredin fel pigo'i drwyn a sugno'i fawd.

Ond nid person cyffredin fel chi a fi yw Mr Abracadabra Jones.

Dewin rhyfeddol yw'r dyn bach hwn, a dewin gwahanol i unrhyw ddewin arall a welsoch chi erioed. I ddechrau, nid het driongl, hirfain, ond het gron-fel-oren sydd gan Mr Abracadabra Jones; ac yn lle clogyn llaes, du fel bol buwch, trowsus streipiog, cwta, tyn a wisga i

wneud ei waith bob dydd. Ac nid mewn crochan mawr ar ben tanllwyth o dân y mae Mr Abracadabra Jones yn creu ei swynion chwaith, ond mewn popty ping-a-ling yn ei stafell fyw.

Ond mae 'na un peth arall eto sy'n gwneud Mr Abracadabra Jones yn wahanol i unrhyw ddewin a welwch chi yn eich llyfrau hud a lledrith tew a phwysig. Un peth sy'n ei wneud yn annhebyg i bob un o'r dewiniaid crand ac enwog hynny sy'n cyflwyno rhaglenni coginio swynion ar y teledu ac sy'n ennill het bigog yr Eisteddfod am eu ryseitiau – sef bod pob un o driciau hud a lledrith Mr Abracadabra Jones druan yn mynd o chwith.

Wir yr i chi.

Er ei fod e wedi crafu ei het gron-fel-oren sawl gwaith,

er ei fod e wedi cael rhywun i'r tŷ i drwsio'r popty ping-a-ling,

er ei fod e wedi mynychu cwrs drud a diflas gyda llond y lle o ddewiniaid dwl eraill,

ac er ei fod e wedi mynd â'i lyfr swynion 'nôl i'r siop a chael un newydd yn ei le,

doedd dim byd yn gweithio.

Roedd pob un o'i driciau'n drafferthus.

Dim rhyfedd fod pawb yn Nhref-y-Madarch yn meddwl ei bod hi'n bryd i Mr Abracadabra Jones roi ei hen ffon hud yn y to. Wedi'r cyfan, pwy yn ei chwarter bwyll fyddai'n hapus i ddeffro'n y bore i weld snot melyn sleimllyd, yn hytrach na dŵr glân, gloyw, yn saethu allan o'r pistyll ar sgwâr y pentref? Pwy fyddai eisiau gweld pob un goeden yn troi'n fadarchen fawr wenwynig? A phwy fyddai'n dymuno bod pob chwistrell o bersawr wedi troi'n sgwyrtied o ddom da?

Na, doedd neb yn diolch i Mr Abracadabra Jones am ei waith chwithig. Ond roedd Mr Abracadabra Jones yn benderfynol o fod yn ffrind i bawb.

Felly un noson, agorodd ei lyfr tew a phwysig o hud a lledrith a dechrau crafu ei het gron-fel-oren unwaith eto.

"Hmmm..." meddyliodd gan gnoi yn erbyn blaen ei ffon hud, fel pe bai'n ddarn o

roc caled. A chafodd syniad.
Y syniad gwirionaf a'r gorau i
unrhyw ddewin ei gael erioed.

Yn sydyn, gwyddai'n iawn
beth fyddai'n gwneud trigolion
Tref-y-Madarch yn hapus.

Pe bai e'n gallu troi pethau
cyffredin – fel ei ffon hud – yn
losin, yna byddai pawb yn ei
garu am byth.

Byddai'n enwog.

Byddai ar y teledu ac yn
ennill het bigog yr Eisteddfod
am ei waith. A byddai lle i Mr
Abracadabra Jones o'r diwedd
ym mhob un llyfr hud a lledrith

tew a phwysig ar erchwyn gwelyau plant dros y byd i gyd!

Neidiodd o'i gadair a dawnsio at y popty ping-a-ling yng nghornel yr ystafell. Gallai glywed y glaw yn pitran-patran yn erbyn y ffenest. Gwyddai'n syth beth fyddai ei swyn cyntaf – byddai'n swyno'r cymylau i lawio Smarties! Agorodd ddrws y meicrodon mawreddog a thynnu powlen smotiog, sgleiniog o'i grombil. Yna, estynnodd am ychydig bach o hyn ac ychydig bach

o'r llall o'r jariau a'r potiau a'r
droriau amryliw uwch ei ben
a'u cymysgu i gyd gyda'i gilydd
â'i ffon hud.

"Abracadabra!"
sibrydodd, gan
groesi ei fysedd.

Pan agorodd y dewin y
llenni drannoeth, roedd e'n
edrych ymlaen yn fawr at
weld diferion o Smarties coch
a phiws a melyn yn disgyn
o'r awyr a thrigolion Tref-y-
Madarch yn sefyll yn y stryd
yn eu pyjamas, gyda'u cegau
ar agor a losin bach lliwgar yn

tasgu dros bob man.

Ond yn lle Smarties, beth a welodd oedd pys – miloedd ar filoedd o bys ych-a-fi yn tasgu'n erbyn y ffenest ac yn setlo'n un slwj gwyrdd llachar ar y pafin islaw.

"Dratia, mae popeth wedi mynd yn chwithig ac o chwith!" meddai'n ddig.

Ac nid fe oedd yr unig un oedd yn grac iawn. Pan drodd Mr Abracadabra Jones y teledu ymlaen i wylio'r bwletin newyddion, gwelodd fod gwg fawr ar wyneb Mr Barrug Bowen, y dyn tywydd. Roedd e'n sefyll yn anhapus ar sgwâr Tref-y-Madarch a diferion pys yn plop-plopian ar ei ben moel.

"Dyma ragolygon y tywydd," meddai, a'i wep yn wyrdd. "Rhagor o bys. Pys, pys,

pys i drigolion Tref-y-Madarch am weddill yr wythnos, am weddill y mis – am y flwyddyn efallai!"

"Dratia," meddai'r dewin eto. A diffoddodd y teledu.

Doedd Mr Abracadabra Jones ddim yn gallu cysgu o gwbl y noson honno. Roedd yn poeni am wyneb sarrug Mr Barrug Bowen ar y rhaglen newyddion. Sut allai e ennill maddeuant ei gymdogion gwyrdd a gwlyb, tybed?

Ac yna'n sydyn, yn ei wely oer, caled, cafodd syniad!

Beth
petai'n troi
pob gwely yn
Nhref-y-Madarch
yn wely malws melys? Byddai
pawb wedyn yn cael noson
dda o gwsg, er gwaetha'r glaw
pys-slwj yn pistyllio ar bob to,

ac fe allai ei gymdogion i gyd fwynhau snac canol nos yn rhad ac am ddim!

Yn syth bìn felly, brasgamodd Mr Abracadabra Jones tuag at y popty ping-a-ling.

Rhoddodd ychydig bach o hwn ac ychydig bach o hon i mewn i'r bowlen smotiog.

A chymysgu.

A chroesi bysedd ei ddwylo a'i draed ar yr un pryd.

Ond pan bingiodd y popty ping-a-ling, nid gwely meddal, moethus, malws melys oedd gan y dewin – na neb arall chwaith – ond gwely pigog, poenus, o hoelion.

Trwy welydd tenau ei dŷ teras gallai glywed ei gymdogion yn sgrechian yn uchel wrth i'r hoelion pigfain eu procio a'u pigo drwy'r cynfasau.

Drws nesa, yn 15, Llwybr Llaethog, bloeddiodd Ms Tylwythen Tomos dros y lle i gyd wrth rwygo ei hadenydd yn rhacs ar ei sbringiau di-sbonc.

Draw yn 17, Llwybr Llaethog, bu bron i Mrs Bolgi

Cadwaladr ollwng ei sosej a'i sglodion dros erchwyn y gwely, ar ôl i flaen hoelen rydlyd fynd yn sownd yn un o'i choesau mawr.

Ac er bod Mr Wilibawan Befan, 229, Llwybr Llaethog, fel arfer wrth ei fodd yn gorweddian yn ddiog, heno roedd e'n neidio'n wyllt dros y lle ar ôl y sioc o gael proc yn ei gwsg.

"Ych-a-fi!" meddai Mr Abracadabra Jones yn ddig. "Aeth popeth yn chwithig ac o chwith unwaith eto!"

Ond nid oedd Mr
Abracadabra Jones wedi dysgu
ei wers o gwbl.

Y noson ganlynol, wrth iddo
orwedd yn anghyfforddus ar
ei wely hoelion, yn gwrando
ar sŵn pistyll y pys ar y ffenest
a'r to, meddyliodd y dewin am
swyn blasus newydd sbon.

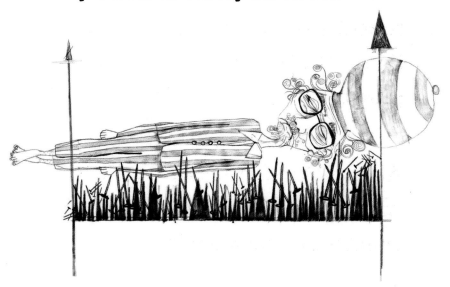

Sugnodd yn dynn ar ei fawd a dychmygu'r awyr fawr uwch ei ben yn ymestyn yn sgleiniog tuag at y lleuad a'r planedau a'r sêr a'r llwybr llaethog go iawn. A meddyliodd mor braf fyddai gallu sugno bob nos ar awyr o licoris. Byddai hynny'n gwneud gorweddian ar wely o hoelion yn fwy pleserus i bawb, penderfynodd.

Ac felly dadbigodd Mr Abracadabra Jones ei ŵn nos oddi ar ymyl y gwely, a brysio eto tuag at y popty ping-a-ling.

Rhoddodd y gymysgedd i goginio.

A chroesi popeth.

Ond wrth i'r cloc mawr daro deuddeg, nid düwch sgleiniog o licoris oedd i'w weld – ond miloedd ar filoedd o ronynnau o halen gwyn yn disgleirio fel sêr pitw bach, yn deffro pawb.

"Hunllef hallt!" meddai Mr Abracadabra Jones yn ddig. "Aeth popeth yn chwithig ac o chwith unwaith eto!"

Wrth i'r dewin sefyll yn geg-agored yn ei ardd ffrynt yn

syllu ar ei sêr o halen, clywodd sŵn traed. Ms Huwcen Hoeci Huws, 19, Llwybr Llaethog, oedd yno, yn llusgo sach fawr drwy'r glaw gwyrdd tuag adre. Swydd Ms Huwcen Hoeci Huws oedd ysgwyd llwch ei sach dros lygaid plant bach Tref-y-Madarch, i'w hudo nhw i gysgu.

Ond beth oedd y pwynt iddi hi fynd i helpu plant bach y dref i freuddwydio nawr? Pwy fyddai'n gallu cysgu'r nos yn y tywyllwch gwyn? Roedd hi'n edrych yn ddigalon iawn.

Fel holl drigolion eraill Tref-y-Madarch, methodd y dewin â chysgu o gwbl y noson honno eto. Roedd hi'n anodd iawn syrthio i gysgu ar wely o hoelion i gyfeiliant tipian-tapian glaw pys ar y gorau, ond yn enwedig heno, a hithau mor olau â chanol dydd y tu allan.

Wrth iddo droi a throsi yn ei wely, meddyliodd Mr Abracadabra Jones yn hir a chaled am ei holl swynion trychinebus dros y dyddiau diwethaf.

Meddyliodd am ei storm o Smarties, ac am sut y bu hi'n tywallt pys ych-a-fi byth ers hynny.

Meddyliodd am ei fatras o falws melys, ac am sut yr oedd e, a phawb arall, nawr yn gorwedd ar ben rhesi a rhesi o hoelion poenus.

Meddyliodd am y nos o

licoris ac am yr awyr o halen gwyn uwchben. Meddyliodd am bob un o'i swynion a aeth yn chwithig ac o chwith. Ac am sut y byddai pob un o'i driciau yn achosi'r gwrthwyneb i'r hyn roedd e'n ceisio'i wneud.

Y gwrthwyneb llwyr.

Yn sydyn, cododd Mr Abracadabra Jones ar ei eistedd yn y gwely.

"Mawredd y madarch!" ebychodd yn gyffrous. "Bob tro dwi'n gwneud swyn ac yn dymuno am rywbeth arbennig, mae'r cyfan yn mynd o chwith... Os dwi'n gofyn am falws melys dwi'n cael hoelion caled, cas. Petawn i'n gofyn am baned o goffi, fyddwn i'n cael paned o de? Petawn i'n gofyn am gath, fyddwn i'n cael ci? A beth petawn i'n holi am fasged o fwydydd sawrus, diflas a dwl, a fyddwn i'n cael llond y lle o losin blasus, braf?"

"Hmmm..." ystyriodd y dewin. "Beth petawn i'n gwneud swynion gwael ac yn dymuno am bethau dydw i ddim yn dymuno i ddigwydd? Abracadabratastig! Yna fe fydd pob un o'm dymuniadau yn dod yn wir!"

Cododd y dewin ar ei union. Ond, y tro hwn, ar ôl trychinebau'r glaw pys, y gwely hoelion a'r ffurfafen o halen, penderfynodd fod yn ofalus, ofalus iawn.

I ddechrau.

Gwelodd hen bapur newydd ar y llawr, ac meddai:

"Abracadabra, ddewin gwych,
Tro'r papur hwn yn fara sych!"

Ac, fel pob un o'i swynion, aeth y swyn yn chwithig ac

o chwith, a throdd y papur
newydd yn gacen gwpan gyda
chlamp o geiriosen ar ei phen.

"Hwrê!" meddai'r dewin
am y tro cyntaf erioed. "Aeth
popeth yn chwithig ac o
chwith unwaith eto! Hwrê!"

Erbyn amser cinio'r diwrnod wedyn, roedd y dewin wedi bwyta a llyfu a sugno ar bob math o losin neis.

Yn ystod y bore trodd y planhigyn mewn pot yn lolipop lliwgar a'i bêl-droed yn gobstopper anferth. Cyfnewidiodd ei ddannedd gosod am bâr o ddannedd draciwla pinc, y waliau am dafelli o dost a'r ffenestri am jeli wibli-wobli coch. Aeth allan i'r ardd a throi'r ffens yn woffls briwsionllyd; petalau'r blodau bysedd-y-cŵn yn boteli cola pitw; cerrig y pafin yn wyau bach melys a'r dail yn ddafnau o bapur siwgr glas.

Erbyn y prynhawn roedd e'n teimlo braidd yn sâl, felly trodd ei olygon at y byd mawr y tu hwnt i'w ardd ffrynt ei hun.

Dechreuodd trwy droi snot y pistyll yn lemonêd; troi y coed yn gandi-fflos a'r persawr dom da i arogli fel cacen yn pobi. Trodd y llyn hwyaid yn bwll o hufen iâ a'r llithren yn y parc yn stribed o daffi triog. Gwnaeth e hyd yn oed newid ffon y ddynes croesi'r ffordd yn ddarn anferth o losin melyn go iawn.

Trodd ei law pys yn Smarties ac, am saith o'r gloch y noson honno, llwyddodd Mr Abracadabra Jones, o'r diwedd, i droi'r nos o halen gwyn yn ddüwch sgleiniog o licoris.

Yn ei wely malws melys ceisiodd Mr Abracadabra Jones feddwl am ragor o swynion a allai fynd 'o chwith' yn ystod y dyddiau nesaf. Gallai droi dŵr yr afon yn ysgytlaeth byrlymus a llethrau'r bryniau yn siwgr-eisin gwyrdd, meddyliodd. Gallai newid y lleuad yn gacen gaws a'r sêr yn y nos o licoris yn ddafnau o sierbet mân.

Ond, mewn gwirionedd, roedd y castiau newydd hyn yn diflasu'r dewin yn llwyr. Roedd e wedi cael digon ar swynion cyffredin, bob dydd. Swynion bach oedd y rheiny – nid swynion ar gyfer pencampwr o ddewin fel fe!

Roedd Mr Abracadabra Jones eisiau gwneud swyn go iawn fel dewin go iawn. Swyn gwerth ei halen a'i finegr, a fyddai'n rhoi lle iddo unwaith ac am byth ym mhob llyfr hud a lledrith gwerth ei halen a'i finegr ar erchwyn pob gwely malws melys yn y byd mawr crwn.

Er mwyn iddo ddangos ei fod yn Arch-ddewin clyfrach nag unrhyw ddewin arall a fu erioed, byddai'n rhaid iddo wneud rhywbeth llawer mwy uchelgeisiol na'r un ohonynt.

Llyfodd Mr Abracadabra Jones gongl ei glustog yn awchus. Byddai, byddai'n rhaid iddo drawsnewid y byd i gyd yn un math arbennig o losin.

Pa fath o losin?

P'un oedd ei hoff losin?

Pa fath o losin fyddai'n gallu bod yn galed fel craig, ond a fyddai hefyd yn gallu llifo fel afon?

Pa fath o losin fyddai'n gallu bod yn oer fel talp o rew ac yn boeth fel paned o de?

Siocled, wrth gwrs! Beth petai'n troi y byd i gyd yn siocled?

Ni allai Mr Abracadabra Jones orweddian yn ei wely wrth feddwl am adar siocled a cheir siocled a siopau siocled. Ceisiodd gyfri defaid i'w helpu i fynd i gysgu, ond roedd y rheiny i gyd yn siocled, ac felly penderfynodd y dewin wneud ei swyn arbennig y funud honno.

Wrth gwrs, roedd yn rhaid i'r swyn fynd o chwith. Aeth at y popty ping-a-ling ac meddai'r dewin:

"Abracadabra, un, dau, tri... Paid troi dim byd yn siocled pur!"

Arhosodd yn awchus am sŵn ping y popty ping-a-ling.

Ac yna. Ping!

Edrychodd o'i gwmpas, ond roedd y gobstopper pêl-droed yn dal yn y gornel, a'r lolipop o blanhigyn yn dal i dyfu o'i bot. Doedd dim byd wedi newid. Dim byd o gwbl.

"Melltith y lledrith!" meddai'r dewin yn anobeithiol. "Aeth popeth yn chwithig ac o chwith fel arfer."

Dechreuodd grio.

Ond wrth i'r dagrau ddisgyn i'w ddwylo, sylwodd Mr Abracadabra Jones eu bod o liw brown golau. Cododd y dagrau i'w wefusau – roedd blas siocled arnyn nhw!

Yna, dechreuodd cledrau ei ddwylo droi'n frown hefyd.

A'i freichiau.

A'i ysgwyddau.

A'i goesau main.

Yna, dechreuodd ei draed droi'n siocled.

A'r carped o dan ei draed hyd yn oed.

43

Agorodd Mr Abracadabra Jones ei lenni siocled a gwelodd fyd o dai bach siocled, gyda drysau siocled, a gerddi bach siocled.

"Siocledaidd swyn!" gwenodd Mr Abracadabra Jones yn gyffrous. "Aeth popeth yn berffaith o chwithig! Dyna Abracadabraf!"

Ac aeth Mr Abracadabra Jones 'nôl i gysgu'n fwy cysurus nag erioed o'r blaen o dan gynfas siocled ei wely siocled.

Am bump o'r gloch y bore, dechreuodd gwawr siocled

dorri ar hyd yr awyr frown. Wrth i Mr Abracadabra Jones freuddwydio am anturiaethau siocledaidd o bob math... yn araf, araf bach, dechreuodd ei fyd newydd doddi yn yr haul.

Dechreuodd y strydoedd siocled, y ceir siocled, y tai-bach-twt siocled gyda'u drysau siocled a'u llenni siocled, siglo a meddalu, cyn troi'n afon felys frown.

Ac, wrth gwrs, o dan ei gynfasau siocled, dechreuodd Mr Abracadabra Jones ei hun doddi hefyd.

Nid fe oedd yr unig un.

Dechreuodd adenydd tlws Ms Tylwythen Tomos golli eu siâp yn y gwres.

Aeth ci poeth Mrs Bolgi

Cadwaladr yn llipa yn ei bysedd barus.

Syrthiodd gwên Mr Wilibawan Befan yn wep ddripllyd, ddiflas wrth iddo dynnu wyneb dwl yn y drych.

Toddodd sach fawr llawn llwch Ms Huwcen Hoeci Huws yn llond bag o siocled poeth, a thasgu dros bob man.

A draw yn ei arsyllfa arbennig ar ben bryn uchaf Tref-y-Madarch, roedd Mr Barrug Bowen, y dyn tywydd, yn cael trafferth fawr i bwyntio'i sbienddrych simsan o siocled tuag at yr haul.

"Mae hyn yn ddifrifol..." meddai Mr Barrug Bowen, gan siglo'i ben. "Roedd y glaw pys ych-a-fi yn ddigon gwael, ond fyddwn ni i gyd wedi'n boddi mewn llifogydd stici brown o siocled os nad yw'r tywydd yn troi! Mae'n rhaid i rywun roi stop ar bethau."

Brysiodd, dan gysgod ei ambarél, i lawr i ganol gludiog Tref-y-Madarch, a thuag at ddrws ffrynt siocled 13, Llwybr Llaethog.

"Mr Abracadabra Jones!"

bloeddiodd trwy'r blwch llythyrau blasus. "Mr Jones – atebwch ar unwaith!"

Ond fedrai Mr Abracadabra Jones ddim symud o'r gwely. Roedd ei ben-ôl wedi dechrau toddi i mewn i'r matras, ac roedd e bron iawn yn sownd yn yr unfan.

"Alla i ddim!" llefodd y dewin, gan deimlo'i dafod yn toddi yn ei geg. "Heeeeeeeelp!"

"Ond, Mr Abracadabra Jones, mae'n rhaid i chi wneud rhywbeth. Mae ffrynt

siocledaidd arall a rhagor o
gymylau brown ar y gorwel.
Mae'n rhaid i'r tywydd droi.
Mae'n rhaid i chi droi'r tywydd."

"Fedra i ddim, Mr
Barrug Bowen," wylodd Mr
Abracadabra Jones. "Mae
popeth dwi'n ei wneud yn
mynd yn chwithig ac o chwith.
Popeth."

Ac wrth i het gron-fel-oren
Mr Abracadabra Jones ddisgyn
yn llipa ar y llawr – gyda sblash
– cafodd Mr Abracadabra
Jones un syniad swynaidd olaf.

Gydag ymdrech fawr,

slwsiodd ei ffordd tuag at y
popty ping-a-ling. Estynnodd
am ychydig bach o hyn ac
ychydig bach o'r llall o'r jariau
a'r potiau a'r droriau siocled
uwch ei ben. Rhoddodd y cyfan
i mewn i'r bowlen smotiog, estyn
am y bar o siocled ar y cownter
– ei ffon hud! – a gweiddi,

"Abracadabra, y dewin ffôl,

Bu bron i ti foddi ar dy ben-ôl.
Dyma dy gyfle i fod yn ddoeth
Drwy holi am ddiwrnod o haul
crasboeth!"

Cnodd Mr Abracadabra
Jones ei ewinedd siocled.

Ac aros.

Ping!

Ochneidiodd.

O'i gwmpas roedd y
byd i gyd yn dal i fod
yn siocled melfedaidd, melys.
Ond roedd hi'n oer, oer erbyn
hyn – yn grynedig, grenshllyd
o oer.

Ac yn yr oerfel cas,

teimlodd y siocled ar ei wyneb yn dechrau caledu, fel masg trwchus. Yna, teimlodd y siocled o dan ei draed yn caledu hefyd. Ac wrth i'r siocled i gyd galedu, yn raddol bach, dechreuodd craciau ymddangos ar wyneb ei groen.

Sylwodd ar un crac bach ar ei law i ddechrau. Yna un arall ar hyd ei ben-glin. Un arall wedyn yn crac-cracio ar hyd ei wyneb.

Yn crac-crac-cracio'n lletach ac yn lletach, nes torri ar agor, fel plisgyn wy.

Crac.

Nes chwalu'n ddarnau mân dros y llawr.

Crac.

Nes byrstio dros bob man a datgelu dyn bach cyfarwydd. Yno, o dan yr haen o siocled caled, roedd y dewin doeth, Mr Abracadabra Jones – yn gwenu'n hapus. Ac yn gweiddi hwrê.

"Abracadabradŵ! Aeth popeth yn chwithig ac o chwith am y tro olaf!"

Un wrth un, ymddangosodd crac ar ôl crac ar ôl crac ar

strydoedd, coed, a thai-bach-
twt Tref-y-Madarch wrth i'r
holl siocled syrffedus galedu
yn yr oerfel.

Crac.

Crac.

Crac...

Crac-craciodd y siocled oddi ar flaen sbienddrych Mr Barrug Bowen; disgynnodd y dwst brown oddi ar adenydd Ms Tylwythen Tomos; chwalodd llond sach Ms Huwcen Hoeci Huws yn llwch mân unwaith eto; holltodd ymylon gwep Mr Wilibawan Befan; a syrthiodd lwmp caled o sosej siocled allan o geg Ms Bolgi Cadwaladr.

'Nôl yn 13, Llwybr Llaethog, caeodd Mr Abracadabra Jones ei lyfr hud a lledrith tew a phwysig yn glep.

Rhoddodd ei ffon hud mewn

bocs o dan y gwely.

Taflodd gynnwys ei jariau a'i botiau a'i ddroriau amryliw allan drwy'r ffenest.

Tynnodd ei het gron-fel-oren oddi ar ei ben a thorri ei ewinedd cyrliog, coch.

Gwisgodd bâr o jîns dros ei drowsus streipiog, cwta, tyn.

Agorodd ddrws y popty ping-a-ling.

Estynnodd Mr Abracadabra Jones yn awchus am y bowlen

smotiog, sgleiniog o grombil y peiriant a thywallt cynhwysion arbennig i'w gwaelod: ffa pob a moron a stecen fawr dew.

"Dwi'n llwgu," meddyliodd, wrth droi'r cyfan gyda'i lwy bren ddigon cyffredin newydd sbon. "Ond dim siocled i fi i swper heno. Na lolipops. Na Smarties. Na phys slwj ych-a-fi. Na swynion chwaith!"

Caeodd y drws a chlecian ei ewinedd byrion yn erbyn wyneb y popty ping-a-ling. Gwasgodd y botwm. A chroesi ei fysedd, fel arfer.

Sibrydodd rywbeth dan ei anadl. Ac aros.

Ac aros.

Ac yna. Ping!

Fy swynion i.

_____

_____

_____

_____

_____

_____

_____

_____

_____

_____

_____

_____

Mwy o swynion.

Hefyd gan Mari Stevens:

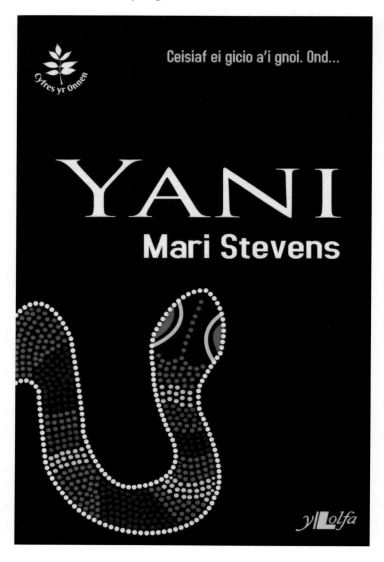

Ceisiaf ei gicio a'i gnoi. Ond...

Cyfres yr Onnen

YANI
Mari Stevens

y Lolfa

Rhestr fer Tir Na nOg 2010
£5.95

£2.95

Am restr gyflawn o lyfrau'r Lolfa, mynnwch
gopi o'n catalog newydd, rhad
neu hwyliwch i mewn i'n gwefan

www.ylolfa.com

Ile gallwch archebu llyfrau ar lein.

TALYBONT CEREDIGION CYMRU SY24 5HE
ebost ylolfa@ylolfa.com
gwefan www.ylolfa.com
ffôn 01970 832 304
ffacs 832 782

Mr Abracadabra Jones